Nico: Nutria por un día

por Lisa Connors

ilustrado por Karen Jones

El comportamiento de
Nico como una nutria marina
empezó una mañana después de un paseo al acuario.

¡Llegamos al acuario!

En el desayuno, Nico masticó los huevos y el pan tostado…

lentamente…,

cuidadosamente.

—¡Papá, no te tragues la comida! Las nutrias la mastican —dijo Nico.

—Pero yo no soy una nutria —dijo su papá.

—Yo lo soy —contestó Nico.

Encontramos las nutrias.

¡A Nico le encantan!

A la hora del almuerzo, Nico abrió su sándwich de mortadela, se levantó la camisa y golpeó la mortadela contra el pecho.

—Nico, ¿qué estás haciendo? —preguntó su mamá.

—Utilizo mi cuerpo como si fuera un plato. Eso es lo que las nutrias hacen —le contestó Nico.

¡Hora de la cena!

Tomó la mortadela, le dio un mordisco y la masticó...

lentamente...,

cuidadosamente.

—Yo no sabía que a las nutrias les gustaban los sándwiches de mortadela —le dijo su mamá.

—A tu nutria sí —contestó Nico.

erizos de mar y mejillones

una nutria joven

Él se acabó su sándwich,

se deslizó de su silla,

y reptando se fue a jugar.

Les gusta sumergirse.

Más tarde, Nico fue al supermercado con su papá. Cuando él lo levantó para sentarlo en la silla del carrito, Nico le dio un cordel largo.

—Las nutrias madre amarran a sus bebés con un pedazo largo de alga marina para que no se pierdan mientras ellas van de caza.

—Pero yo no soy una nutria madre —le dijo su papá, guiñándole el ojo.

Se agarran de las algas.

En la cena, Nico trató de golpear
el espagueti contra su estómago,
pero todavía estaba caliente...

¡qué desastre!

Estaba tan ocupado atrapándolo
para que no se le cayera

    que olvidó masticar lentamente.

Los dientes rompen conchas

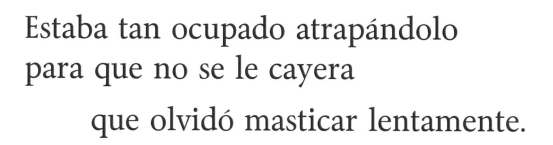

¡Esta es muy amigable!

—Pienso que mi nutria necesita un baño de inmediato —dijo su mamá.

—¡A las nutrias les **encanta** bañarse!

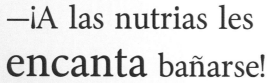

¿Adivina lo que Nico eligió?

Nico escondió una galleta debajo de su axila, se deslizó de la silla y **se deslizó** hacia el baño.

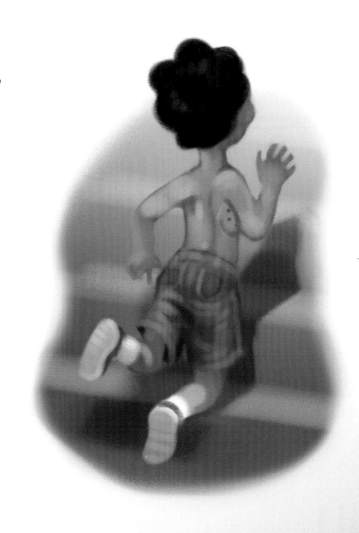

bolsa debajo de la axila

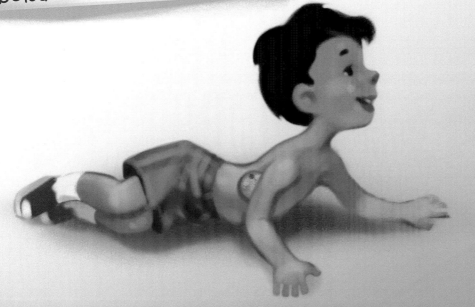

Cuando Nico levantó los brazos para lavarse el cabello, se le cayó la galleta al agua.

—Caramba, mi bolsillo debe de tener un agujero —Nico frunció el ceño—. Las otras nutrias guardan comida dentro de sus bolsillos debajo de la axila.

—Bueno, de todos modos, las nutrias no comen galletas —contestó su mamá—. Ayúdame a pescar las migajas.

nutria aseándose

nadadoras expertas

—Las nutrias no comen muchos peces. Les gustan las almejas y los erizos de mar —dijo Nico.

—Bueno —dijo su mamá—, prefiero una galleta.

—¡Y sándwiches de mortadela! —contestó Nico.

Nico salpicó un poco en el agua.
—Estoy listo para salirme.

Se "toman de las manos".

—¿Está mi nutria limpiecita y seca? —le preguntó su mamá, ayudando a Nico con su pijama.

—Creo que voy a dejar de ser una nutria. Excepto por una cosa muy especial.

—¿Y qué es? —le preguntó ella.

¡Nico está cansado!

Se quedó dormido.

Lentamente...,

cuidadosamente...

Nico se acurrucó en el
regazo de su madre.

—¡ESTO!

Las nutrias se acurrucan

Para las mentes creativas

Mamíferos marinos

un mamífero...

- es un animal
- tiene una espina dorsal
- respira oxígeno del aire
- es de sangre caliente
- tiene pelaje
- alimenta con leche a sus crías

La mayoría de los mamíferos (¡pero no todos!) dan a luz a crías vivas.

Todos los mamíferos tienen una espina dorsal pero no todos los que la tienen son mamíferos.

¿Puedes pensar en animales que tengan espina dorsal pero que no sean mamíferos?

Existen muchos animales que comparten estas características de un mamífero.

Pero únicamente un mamífero cuenta con todas estas características.

¿Eres un mamífero?

¿Eres un mamífero *marino*?

Un **mamífero marino** es un mamífero que está adaptado para pasar toda o la mayor parte de su vida en el océano. ¡Existen más de un centenar de diferentes especies de mamíferos marinos! Las focas, lobos marinos, ballenas, delfines, marsopas, manatíes, dugongos, nutrias marinas, morsas y osos polares son algunos de los diferentes tipos de mamíferos marinos.

Las nutrias marinas viven en el norte del océano Pacífico. Pasan casi toda su vida en el agua pero, a veces, vienen a la tierra firme para descansar, asear o cuidar a sus crías.

El agua es muy fría, así que las nutrias marinas necesitan una manera de permanecer calientes. La mayoría de los mamíferos marinos tiene una capa gruesa de grasa que los ayuda a mantener el cuerpo caliente. ¡Pero no las nutrias marinas! Ellas, en cambio, tienen un pelaje grueso. Las nutrias marinas tienen el pelaje más denso que cualquier mamífero.

Las nutrias marinas son más pequeñas que los seres humanos, ¡pero no por mucho! Las nutrias marinas adultas miden de 3 a 5 pies de largo. La mayoría de los seres humanos miden de 5 a 6 pies de alto. Pero, según los estándares de los mamíferos marinos, las nutrias marinas son bastante diminutas. El mamífero marino más grande es la ballena azul. Con casi 100 pies de largo, no es sólo el mamífero marino más grande, ¡es el animal vivo más grande del mundo!

¿Mides más que una nutria marina? ¿Hay algunas nutrias marinas más largas que tú?

Las nutrias marinas y tú

Las nutrias utilizan unos dientes llamados "molares" para masticar. Los molares son dientes grandes con una superficie plana.

Abre la boca y di "¡Aaahhh!". ¿Tienes molares en la boca?

nutria marina	humano
mamífero	mamífero
mastica la comida	mastica la comida
come la comida con las patas	come la comida con las manos
utiliza herramientas	utiliza herramientas
tiene dos patas y dos aletas	tiene dos manos y dos pies
vive en el agua	vive en la tierra
tiene pelo	tiene pelo
tiene cuerpo en forma de torpedo para nadar	tiene cuerpo erecto para caminar en dos pies
tiene un bolsillo de piel debajo de los brazos para sostener piedras o cargar comida	usa ropa con bolsillos para cargar objetos
se asea el pelaje	se asea el cabello
tiene bigotes	algunas veces tiene bigotes

Los bigotes de las nutrias sienten las vibraciones para ayudarlas a cazar.

Algunas personas tienen bigotes o barbas.

Las nutrias tienen entre 170,000 a un millón de pelos por pulgada cuadrada en sus cuerpos. ¡Los humanos únicamente tienen cerca de 100,000 en todo su cuerpo!

una pulgada cuadrada

Todo ese pelaje necesita de muchos cuidados. Las nutrias pasan de 2 a 3 horas cada día aseándoselo. ¿Cuánto tiempo pasas tú cuidando de tu cabello?

Herramientas de la nutria marina

¡Las nutrias marinas utilizan herramientas de muchos modos! Los humanos también las utilizamos. ¿Utiliza Nico las herramientas del mismo modo que las utilizan las nutrias?

1 Las nutrias guardan sus piedras y las utilizan de nuevo. Algunas veces, se las guardan dentro de un bolsillo que tienen debajo de los brazos.

A Nico aprende de su madre y de su padre a utilizar las herramientas.

2 Las nutrias utilizan una piedra para abrir una concha. Ellas se comen el animal que está adentro.

B Nico mueve la puerta de la despensa para encontrar comida detrás de ella.

3 Las nutrias tienen que ser pacientes. Se necesitan muchos golpes repetidos con una roca para abrir un mejillón.

C Nico guarda sus herramientas y las utiliza de nuevo. Las guarda en su caja de herramientas en el garaje.

4 Las nutrias pueden usar una cáscara rota como palanca para sacar la comida de una piedra.

D Nico utiliza un cascanueces para abrir la cáscara de nuez. Él se come la nuez que está adentro.

5 Las nutrias aprenden de las otras nutrias que las rodean a usar herramientas, usualmente de sus madres.

E Nico tiene que ser paciente. Tiene que golpear muchas veces el clavo con un martillo para poder meterlo.

6 Las nutrias apartan piedras para buscar comida detrás de ellas.

F Nico utiliza un destornillador como palanca para abrir la tapa de una lata de pintura.

Respuestas:: 1-C, 2-D, 3-E, 4-F, 5-A, 6-B

Las nutrias marinas y las nutrias de río

nutrias marinas...

- pesan de 50 a 100 libras
- tienen un pelaje grueso, color café. El pelaje de sus cabezas y patas se vuelve más claro a medida que envejecen.
- tienen una cola plana, menos de un tercio del largo de sus cuerpos
- viven en agua salada a lo largo de las costas rocosas, con frecuencia, en bosques de algas
- flotan bocarriba
- toman la comida con sus patas flexibles
- comen la comida sobre sus pechos mientras flotan
- se envuelven en algas mientras duermen
- tienen una sola cría a la vez
- se alimentan de erizos de mar, cangrejos, almejas, mejillones, caracoles y pulpos.
- se juntan para formar grupos de nutrias llamados "balsas"

- son un tipo de comadrejas
- tienen un cuerpo alargado en forma de torpedo
- comen carne (carnívoros)
- tienen patas palmeadas para poder nadar
- tienen garras
- tienen dos capas de pelaje para mantenerse calientes

nutrias de río...

- pesan de 20 a 25 libras
- tienen pelaje que puede ser desde gris y blanco hasta color café y negro
- tienen una cola redonda, más larga que la mitad del largo de sus cuerpos
- viven en ríos, lagunas, lagos y pantanos (incluyendo estuarios)
- nadan sobre sus estómagos
- cazan a su presa con las patas y la boca
- comen su comida en tierra firme
- duermen en madrigueras debajo de la tierra
- tienen de dos a tres crías a la vez y, a veces, ¡hasta seis!
- comen peces, ranas, cangrejos de río, insectos, ratas y aves

Con agradecimiento a Cathleen McConnell del Point Defiance Zoo & Aquarium por verificar la información en este libro.

Library of Congress Cataloging-in-Publication Data

Names: Connors, Lisa, 1965- author. | Lee, Karen (Karen Jones), 1961-
    illustrator.
Title: Nico : nutria por un dia / por Lisa Connors ; ilustrado por Karen
    Jones.
Other titles: Oliver's otter phase. Spanish
Description: Mount Pleasant, SC : Arbordale Publishing, [2018] | Summary:
    After a trip to the aquarium, Oliver decides to be an otter and tries to
    copy otter behavior at meals, while playing, during a trip to the store,
    and at bath time.
Identifiers: LCCN 2017053834 (print) | LCCN 2018001475 (ebook) | ISBN
    9781607184898 (Spanish Downloadable eBook) | ISBN 9781607185208 (Spanish
    Interactive Dual-Language eBook) | ISBN 9781607184843 (English
    Downloadable eBook) | ISBN 9781607185154 (English Interactive
    Dual-Language eBook) | ISBN 9781607184676 (Spanish paperback) | ISBN
    9781607184515 (English hardcover) | ISBN 9781607184621 (English paperback)
    | ISBN 9781607184843 (English downloadable ebook)
Subjects: | CYAC: Otters--Fiction. | Spanish language materials--Bilingual.
Classification: LCC PZ73 (ebook) | LCC PZ73 .C6566 2018 (print) | DDC
    [E]--dc23
LC record available at https://lccn.loc.gov/2017053834

Título original en inglés: **Oliver's Otter Phase**

Traducido por Rosalyna Toth en colaboración con Federico Kaiser e Eida Del Risco.

Bibliografía:
Brody, Allan. Personal communication with the author about Dr. Brody's work with sea otters for his PhD from
    the University of Minnesota, 2014.
Garshelis, Dave. Personal Communication with the author about Dr. Garshelis' work with sea otters in Alaska,
    through the University of Minnesota. 2014.
Knight. "Motherhood Is No Picnic for Sea Otter Moms." *Journal of Experimental Biology* (2014): n. pag. Web.
Thometz. "Energetic Demands of Immature Sea Otters from Birth to Weaning: Implications for Maternal Costs,
    Reproductive Behavior and Population-level Trends." *Journal of Experimental Biology* (n.d.): n. pag. Web.
"Sea Otter." *The Marine Mammal Center.* N.p., n.d. Web. 19 Oct. 2016.
"Spotlight on Sea Otters." *Vancouver Aquarium.* N.p., n.d. Web. 4 Jan. 2015.

Elaborado en los EE.UU.
Este producto se ajusta al CPSIA 2008

Arbordale Publishing
Mt. Pleasant, SC 29464
www.ArbordalePublishing.com